AF298357

FLEURETTES

EDMOND FEBVREL.

STRASBOURG

TYPOGRAPHIE DE G. SILBERMANN.

1864.

FLEURETTES.

Dans une île enchantée,
Au milieu des grands bois,
Est une tour hantée
Par une âme aux abois.

La nuit, quand le vent berce
Le lierre aux flancs des murs,
Quand une étoile perce
La brume, aux cieux obscurs,

Des noirs créneaux s'élève
Un chant mélodieux;
Au loin, j'entends en rêve
L'appel mystérieux,

Et soudain je m'élance
Au milieu des flots bleus;
L'étoile d'espérance
Me luit au fond des cieux.

Mais debout sur la rive,
Comme un morne géant,
Un rocher, quand j'arrive,
M'arrête, menaçant.

« En vain ta voix m'appelle,
Blanche fille de roi,
Hélas, je n'ai point d'aile,
Pour voler jusqu'à toi ! »

Idéal ! ô mystère !
Malheur à l'insensé
Qui d'un vœu téméraire
Vers toi s'est élancé !

Rien, le temps, la nature
Ni l'amour virginal
Ne guérit la blessure
Faite par l'idéal !

La mort est sans puissance
Sur ces âmes de feu
Qu'un ardent amour lance
Vers l'idéal, vers Dieu !

AUX OMBRES DE MES RÊVES.

Venez ! entourez-moi, songes si doux à l'âme,
Charmants consolateurs de mes peines du jour !
Que j'aime à me livrer à vos baisers de flamme,
Sylphides de mes nuits, blanches ombres de femme,
Vierges à l'œil brûlant, au sein gonflé d'amour !

Versez lé doux sommeil à mes membres malades,
Penchez sur mon chevet vos fronts purs et si beaux ;
Laissez, laissez sur mói, ravissantes dryades,
Ruisseler à longs flots les soyeuses torsades
De vos cheveux plus noirs que l'aile des corbeaux !

Enlevez mon esprit sur vos mains vaporeuses,
Portez-le dans ces lieux où l'on nage sans poids
Sur des vagues d'éther, dans des zones heureuses,
Où résonnent au loin des voix harmonieuses
Éveillant à jamais d'harmonieuses voix !

Alors auprès de moi vous planerez, beaux anges,
Vos ailes sur l'éther frémiront doucement,
Et mon âme, exaltée en ces fêtes étranges,
S'abreuvera, mêlée à vos saintes phalanges,
    De l'éternel enivrement.

———

PRINTEMPS.

Que le cœur est léger, quand l'aube virginale
Devance dans les cieux
Les timides rayons d'un soleil encor pâle
Qu'on peut braver des yeux !

Que le cœur est léger, quand des grands monts la crête
S'embrase à l'orient,
Quand sortant du sillon la joyeusé alouette
S'élève en tournoyant ;

Quand du sein du bocage,
A travers le feuillage,
Avec le vent
Monte une voix touchante
Qui frémit et qui chante
En s'enfuyant !

Mollement agitée
Par la brise embaumée,
La rose en fleur
Abandonne au zéphire,
Qui tendrement l'attire,
Sa douce odeur.

Là-bas, sous la verdure,
Un ruisselet murmure
    Près du sentier;
Son onde fugitive
Glisse et coule plaintive
    Sur le gravier.

Dans son cours il entraîne
La mousse qui le gêne
    Et les cailloux;
Sur tout ce qui l'arrête
Le flot passe et répète
    Son bruit si doux.

La fauvette gentille
Sur la branche sautille
    En gazouillant,
Et la branche s'incline
Sous sa grâce mutine
    Légèrement.

O voix de la nature,
O ravissant murmure,
    Accords joyeux!
Vous êtes la prière
Qui monte de la terre
    Aux cieux!

LE VERBE.

O muse! enivre-moi de ton plus saint délire,
Rends le vague à mon âme et mon esprit aux cieux!
Assouplis sous mes doigts les cordes de ma lyre,
Que ton souffle m'exalte et que ta voix m'inspire
　　　　Un chant délicieux!

Oui! le Verbe existait aux premiers jours du monde,
Il était avec Dieu dès toute éternité;
Il était Dieu lui-même, et de sa voix féconde
Jaillirent les soleils, notre terre et notre onde,
　　　　Et l'éther, et l'immensité!

O Verbe! l'infini fut ta première essence;
Tu flottais avec Dieu sur la face des eaux,
Tu vis le monde éclore et l'homme en son enfance
Emprunter à ta voix le chant de l'innocence,
Le cantique du prêtre et l'hymne du héros!

Ce verbe, c'était toi, suave poésie!
Voix sublime de Dieu, source de l'univers!
C'est toi qui contraignis le néant à la vie;
Tu parles... et déjà la matière asservie
Roule, et de l'infini va peupler les déserts.

Et moi qui ne suis rien, moi que la mort appelle,
Moi qui nais aujourd'hui pour n'être plus demain,
Moi que le temps bientôt va briser de son aile,
Qu'il va précipiter dans la nuit éternelle,
O Verbe créateur, tu brûles dans mon sein !

Oui ! tu vis dans mon cœur, essence souveraine,
Souffle inspiré des cieux, esprit vivant et fort !
Ah ! sur la terre en vain la matière m'enchaîne,
Je me livre sans borne à ta voix qui m'entraîne,
Et je brave avec toi les douleurs et la mort !

Mon esprit devant toi recouvre sa puissance,
Il sonde sans effroi le mystère éternel,
Il ose remonter à sa divine essence,
Et songeant à ce Dieu qui lui donna naissance,
Il se dit, plein de joie : « Oui ! je suis immortel ! »

MINUIT.

Oh! que dehors la nuit est sombre!
La bise au loin passe et gémit;
L'airain sacré jette dans l'ombre
Le chant funèbre de minuit!

A l'accent lugubre et sonore
Qui tombe en plainte du beffroi,
La trompe de nuit vient encore
Ajouter un nouvel effroi.

Tout sé tait, l'oreille attentive
N'entend plus au sein de la nuit
Que le vent dont la voix plaintive
Murmure encor: «Minuit... minuit!»

Minuit! c'est l'heure où sur la terre
Sommeillent les petits enfants,
Où l'ange voilé de mystère
Veille à leurs songes innocents.

C'est l'heure où brisé d'insomnie,
Quelque malade sans espoir
Implore pour son agonie
Le terme qu'il doit entrevoir.

C'est l'heure où d'une main discrète,
L'avare courbé sur son or
Le compte... puis soudain s'arrête...
Ecoute... écoute... et compte encor !

Où dans un coin du cachot sombre
L'assassin s'accroupit tremblant,
Et frissonne de voir dans l'ombre
Surgir un fantôme sanglant.

Où sous le manteau des ténèbres,
Dans leurs suaires en lambeaux,
Les morts quittent leurs lits funèbres,
Et se bercent sur les tombeaux !

Où penchée au bord d'un nuage
La blanche reine de la nuit
Contemple sa rêveuse image
Dans l'onde du lac qui reluit.

C'est l'heure qu'aime le poëte
Pour ses rêves silencieux,
C'est l'heure où son âme inquiète
S'épanche à la face des cieux;

Où cherchant à percer le voile
Qui couvre la Divinité,
Il rêve et confie à l'étoile
Ses doux songes d'éternité !

MATIN DANS LES VOSGES.

Déjà l'aube dorait la crête des montagnes
Et les pleurs de l'aurore au gazon des campagnes
Brillaient et scintillaient des feux du diamant.
L'air était frais et pur, et le ciel lentement
Plus pâle s'azurait sous la naissante aurore ;
La ville était muette et sommeillait encore,
Mais l'oiseau dans les champs, éveillé par le jour,
Du soleil bien aimé célébrait le retour.

Lors d'un pas indolent gravissant la colline
J'atteignis les abords de la forêt voisine,
Et sur un tertre frais m'assis : sous mes regards
Dormaient aux pieds des monts de grands lacs de brouillards ;
Leur nappe floconneuse au sein de la vallée
Brillait éblouissante, inondant les gazons,
Et de leur voile humide emplissait les vallons.
Le soleil cependant, montant, astre sublime,
De la montagne sombre avait rougi la cime,
Et comme un globe en feu sur un cratère ardent
Laissait surgir au ciel son orbe étincelant.
Ce n'était que fraîcheur, et doux chants, et verdure.
D'un rocher sous mes pieds sourdait une onde pure,

Dont les filets d'argent sur les cailloux polis
Ruisselaient, soupiraient, et de mille replis
Enlaçaient dans leur cours l'herbe luxuriante,
Et sur leurs flots pressés l'aubépine riante
Semait aux doux zéphirs ses pétales rosés.
Par les pleurs du matin les sapins arrosés
Se dressaient près de moi dans leur sombre parure,
Jetant l'ombre aux gazons, dont la riche verdure
Sous les doigts de l'été se parsemait de fleurs.
Là-bas quelques villas aux riantes couleurs,
Cachant leurs toits de pourpre au milieu du feuillage,
Offrent au riche heureux et l'air pur et l'ombrage.
Au fond, c'était la ville avec ses trois clochers
Assise aux pieds d'Ormont, géant aux noirs rochers.
— Mais qu'entends-je? Soudain dans un lointain village
Un tintement joyeux monte et le bois sauvage
Résonne... et moi, quittant mon repos indolent,
Pensif, vers le vallon je reviens à pas lent.

REGRET.

Oh ! quand tout est si beau, si gai dans la nature,
Qu'aux feux purs du soleil gazouillent mille oiseaux ;
Qu'aux pampres verdoyants où pend la grappe mûre
Les blancs fils de la vierge attachent leurs réseaux ;

Quand l'air plus frais ranime aux premiers jour d'automne
Tous les trésors flétris par les lourdes chaleurs,
Que l'arbre du verger rit à l'œil qui s'étonne,
Et fléchit sous les fruits aux luisantes couleurs,

D'où vient donc qu'en secret mon cœur se serre et pleure?
D'où vient que je me perds en regrets douloureux?
Des rêves de tristesse ai-je ouï sonner l'heure?
Ou quand le ciel sourit, dois-je être malheureux?

Hélas ! c'est que j'ai vu, j'ai vu d'autres automnes
Venir aussi vers nous avec le front serein !
J'ai vu les blonds épis leur tresser des couronnes,
Et les trésors jaillir de leur corne d'airain.

Puis, pareils au visage où se tord l'agonie,
Je les ai vus soudain tout blêmes se mourir,
Et tout ce qu'on nommait hier excès de vie,
S'effeuiller autour d'eux pour les ensevelir !

MA BLONDE JUANA.

Quand l'automne plus froide attriste les campagnes,
Quand le pampre jaunit, quand le givre apparaît,
Quand la mort du feuillage aux flancs de nos montagnes
Des lueurs du couchant nuance la forêt,

Quand l'oiseau s'en retourne aux plaines soleillées
D'où l'aile du printemps naguère l'amena,
J'aime à me perdre au sein des tombantes feuillées,
J'aime à rêver à toi, ma blonde Juana!

Que l'oiseau des lacs bleus, le cygne aux blanches ailes
Des flots glacés du Nord aime la pureté,
Qu'il s'élance au printemps sur les mers éternelles,
Pour chercher en Norwége un amoureux été!

Moi, quand le ciel n'a plus sa teinte lumineuse,
Que la dernière rose au vent qui la fana
S'effeuille tristement sur sa tige épineuse,
J'aimerais fuir aussi, ma blonde Juana!

Fuir, mais fuir avec toi, mais fuir vers cette terre
Que jamais les frimas ne sont venus blanchir,
Cieux brûlants où verdit le palmier solitaire,
Où les blancs citronniers ne cessent de fleurir!

Là-bas l'orange d'or luit dans les noirs feuillages,
Et jamais de nos fleurs tel parfum n'émana
Que le parfum qu'exhale en ces tièdes bocages
La rose d'orient, ma blonde Juana!

A LOUIS.

Hélas ! le triste hiver déjà frappe à nos portes,
La pluie à flots glacés inonde le vallon,
Et l'arbre de nos bois sème ses feuilles mortes
        Sur le chemin de l'Aquilon.

Dans nos champs dénudés passe la froide bise,
L'oiseau vole inquiet et se cherche un abri,
La brume sur nos monts étend son aile grise
Et monte en voile épais dans le ciel assombri.

Et tu veux, cher ami, que ma muse frivole
Chante, quand toute lyre a perdu ses accents,
Quand la dernière fleur se détache et s'envole
        Sur l'aile sombre des Autans?

Chanter, quand tout dehors n'est que plainte et murmure,
Quand le pauvre affamé grelotte à notre seuil,
Quand la neige à flocons va couvrir la nature
        D'un immense et pâle linceul?

Ah ! je puis te chanter quelques sombres cantiques,
Quelque lugubre écho de ces hymnes de deuil
Que les bardes, au son de leurs harpes antiques,
        Venaient chanter près d'un cercueil !

Car le temps détruit tout de son aile de glace,
Tout frémit, tout s'écroule à son rire moqueur;
Il paraît, tout pâlit.... Il s'enfuit, tout s'efface;
L'amour même après lui ne laisse d'autre trace.
         Que les cendres d'un cœur

Ignorant l'avenir dont Dieu seul est le maître,
L'homme est-il jamais sûr du moindre de ses pas?
Peut être dans vingt ans, ou dès demain peut-être,
L'on sonnera pour lui la cloche du trépas!

         Il est la fugitive image
         Que jette en passant un nuage
         Sur le miroir du flot mouvant:
         C'est l'ombre vaine d'un vain rêve,
         La paille qu'une haleine enlève,
         La feuille qu'emporte le vent!

         A peine répond-il à l'appel de la vie
         Que déjà le Néant lui crie:
         « Mortel! ton être m'appartient! »
         Mais lui, le fils de la folie,
         Se rit du néant, et se fie
         A ce cheveu qui le retient!

         Bouffi d'orgueil dans sa faiblesse,
         Il raille la main vengeresse
         Dont il doit être décimé,

Et la mort, qui le voit, pousse un cri d'allégresse,
Fond sur cet insensé, l'arraché à son ivresse,
    Et le rejette inanimé.

Et c'est là vivre, ô Dieu! Quoi, le fils de la femme
Ne sort-il du néant que pour rentrer en lui?
N'est-il que cette pâle et vacillante flamme
    Qui meurt même avant d'avoir lui?

N'est-il qu'un triste amas d'argile
Formé par le hasard, par le hasard détruit?
N'est-il que cet esquif à la coque fragile
Qu'un souffle de tempête abîme dans la nuit?

Ou bien, Seigneur, n'est-il qu'un fantôme éphémère
        Que ta voix de l'immensité
        A fait surgir, pour te distraire
        Des ennuis de l'Éternité?

Non! tu ne créas pas un si parfait ouvrage
Pour le jeter en proie aux ombres du tombeau!
Dieu vivant! tu le fis vivant à ton image,
        Tu l'admis à ton héritage
Et du Verbe divin lui donnas le flambeau.

Mais bien plus! tu voulus qu'avant de voir tes fêtes
L'homme pût mériter d'y prendre part un jour;
Et, sans prendre en égard ses œuvres imparfaites,
Sa pâle charité, ses aumônes mal faites,
Tu ne lui demandas que son cœur en retour.

Que ta bonté, Seigneur, fut immense et puissante !
Tu délaissas pour nous et ta gloire enivrante,
Et ta béatitude, et tes divins autels,
Puis tu vins te livrer, victime patiente,
Tu souffris sur la croix une mort infamante,
        Et nous devînmes immortels !

Que tant d'amour, Seigneur, ne trouve pas notre âme
Insensible à ta voix et sourde à ta bonté !
Illumine nos cœurs d'un rayon de ta flamme
Et quand de nos destins tu briseras la trame,
        Ouvre-nous ton éternité !

Et vous, tombez toujours, pauvres feuilles d'automne,
Volez avec les vents, ô feuilles que j'aimais !
Vous ne m'attristez plus, je sais une couronne
        Que rien ne fanera jamais !

Un jour, bientôt peut-être, au souffle de la brise
Vous viendrez frissonner sur l'humble pierre grise
Qui me protégera dans mon dernier sommeil ;
Et mon âme, laissant sa dépouille à la tombe,
Et déployant aux cieux ses ailes de colombe,
Revolera joyeuse aux plages du réveil !

NUITS D'HIVER.

O froides nuits. d'hiver ! ô nuits étincelantes,
Voûte infinie et sombre aux sereines clartés,
Vous, flambeaux éternels, étoiles scintillantes,
Immenses profondeurs, solennelles beautés !

Du fond de votre azur splendide et solitaire
Tombe une fraîche haleine, et mes songes ailés,
Sans efforts, purs et beaux, s'élevant de la terre
Peuplent de visions vos dômes étoilés !

LE RETOUR DU PRINTEMPS.

Sur nos monts désolés régnait le sombre hiver :
La terre grelottait sous son sceptre de glace ;
La bise au souffle rude et l'aquilon amer
En tourbillons obscurs grondaient devant sa face.

La brume recouvrait et vallons et coteaux,
La neige à gros flocons tombait, blanche, des nues ;
Le grésil en grinçant fouettait sur nos vitraux,
Les frimas en festons pendaient aux branches nues.

Des vents seuls au dehors on entendait la voix ;
Nos pas mal affermis faisaient crier le givre,
Et si le glas des morts retentissait parfois,
On eût dit que la terre avait cessé de vivre.

Mais déjà sur nos fronts le ciel est moins obscur,
Déjà se fond la neige au toit de la chaumière,
Et dans la sombre nue un oasis d'azur
S'entrouvre, radieux, à des flots de lumière.

Comme un baiser d'enfant au front blanc d'un vieillard
L'haleine des zéphirs effleure la colline,
Et dans les bois où court leur souffle babillard,
Le front neigeux des pins se secoue et s'incline.

Et l'hiver, inondé d'une froide sueur,
Sous ses doigts de géant sent fondre son empire ;
Il a beau s'animer d'un reste de fureur ;
Il s'apaise bientôt, vaincu par un sourire.

Alors, autour de lui rassemblant les frimas,
Et saluant ces lieux qu'un roi plus doux protége,
« Je reviendrai, » dit-il, et vers d'autres climats,
Son vieux char en grondant entraîne son cortége.

Le printemps aussitôt s'avance souriant
Et chacun de ses pas est une fleur éclose ;
Le soleil est plus vif, et sous le ciel brillant
Déjà l'on voit germer le frais bouton de rose.

L'aube est plus matinale et le soir plus tardif;
Déjà la séve monte aux arbres qui bourgeonnent ;
L'oiseau ne pousse plus son cri faible et plaintif,
Mais de ses chants joyeux les airs charmés résonnent !

Dans les cœurs dilatés germe l'espoir nouveau
De longs jours de bonheur et d'amours infinies ;
L'œil voit les cieux ouverts et les heures bénies
Descendre et parfumer l'univers jeune et beau !

A UNE MÈRE SUR LA MORT DE SON ENFANT.

Oh oui, tremble brûlante au bord de sa paupière,
Larme silencieuse, et glisse de ses yeux !
Soulage en t'échappant les regrets d'une mère.
Hélas ! elle a perdu son plus doux bien sur terre :
Un ange, son enfant, a regagné les cieux !

Oh ! fallait-il, Seigneur, ravir à sa tendresse
Cette riante fleur, ses soins de chaque jour ?
Ne pouvais-tu laisser sa maternelle ivresse
A ce cœur maintenant rongé par la tristesse,
Au lieu de le sevrer du fruit de ses amours ?

Hélas ! nos plus beaux jours sont sujets à l'orage,
La joie aux coups du sort semble se désigner,
Et Dieu semble parfois nous voiler son visage ;
Mais en est-il alors ou moins juste, ou moins sage ?
Non ! bien qu'en gémissant, il faut se résigner !

C'est Dieu qui sur la terre au jour nous fait éclore ;
Ici nous devons croître et mûrir pour le ciel !
Et si l'épi précoce a mûri dès l'aurore,
Pouvons-nous accuser le Dieu que tout implore
D'en avoir embelli son trésor éternel ?

Oh ! la mort d'un enfant est sans doute cruelle !
Mais du sceau des douleurs Dieu marque ses élus,
Et peut-être, en voyant votre âme si fidèle,
Voulut-il l'attacher à la rive éternelle,
En prenant votre fils, par un lien de plus !

Vous a-t-il tout ôté ? non, deux jeunes visages,
Attristés par vos pleurs, s'affligent près de vous ;
Ils vous disent, tremblants : oh, nous serons bien sages,
Mère, et nous remplirons ton cœur de nos images
Pour rendre ton chagrin moins pesant et plus doux !

Laissez leurs voix d'enfant jusqu'au fond de votre âme
Se glisser comme un baume et calmer vos douleurs ;
Priez ! dans le malheur est-il plus pur dictame
Qu'une prière à Dieu ? Vous le savez, Madame,
Dieu, bien mieux que le temps, sait essuyer les pleurs !

Et toi, tremble toujours au bord de sa paupière,
Larme silencieuse, et glissant de ses yeux,
Va mêler ton nectar à sa douce prière,
Monte avec elle et dis les regrets d'une mère
A l'ange, son enfant, qui lui sourit des cieux !

CIEL!

Quand donc cesserons-nous de dormir sur la terre
    Ce long et pénible sommeil,
Où notre âme pliée au joug de la matière,
Sans cesse lutte et tombe, et souvent désespère
    De l'instant tardif du réveil !

Ne verrons-nous jamais à notre heure dernière,
    Sur nos chevets silencieux,
Un ange se pencher, rayonnant de lumière,
Et sur nos fronts pâlis déposer comme un frère
    Le baiser qui nous rend aux cieux ?

Bel ange ! oh ! ravis-nous dans ton essor sublime
    Jusqu'à ces dômes radieux
D'où la terre paraît comme un point dans l'abîme
Et l'univers entier comme une poudre infime
    Qu'un vent soulève vers les cieux !

Ah ! qu'il doit être doux de sentir sous ses ailes
    Frémir l'éther harmonieux,
De planer sans effort aux voûtes éternelles,
Et d'abreuver son âme aux sources immortelles
    Du nectar embaumé des cieux !

Et quel ravissement d'entendre les archanges,
    Au son des luths mélodieux,
Charmer de leurs accents ces demeures étranges,
Et de l'enivrement de leurs saintes phalanges
    Faire au loin retentir les cieux !

Mon âme ! oh hâte-toi de gagner les demeures
    Des anges aux fronts lumineux,
Ces lieux où le plaisir fait sommeiller les heures,
Où tu retrouveras les âmes que tu pleures
    Heureuses comme on l'est aux cieux !

Mais pour voir ces parvis où tout genou se ploie,
    Où l'ange lui-même anxieux
Tremble en versant le nard sur l'autel qui flamboie,
Et sent pâlir son front au milieu de sa joie
    En adorant le roi des cieux :

Pour voir ces lieux si beaux, penses-tu qu'il suffise
    De nos désirs ambitieux ?
Non ! non ! pour obtenir la couronne promise
Il nous faut aimer Dieu, pleins d'une foi soumise,
    Et placer notre espoir aux cieux !

Seigneur, veille sur nous, qui dormons sur la terre
    Ce long et pénible sommeil,
Fais que l'âme pliée au joug de la matière
Lutte, victorieuse, aime, se fie, espère
    Jusques à l'heure du réveil !

STANCES.

Le juste est délaissé sur les montagnes saintes,
Comme le cèdre aux flancs du mont sacré,
Et pareil au cyprès dans les mornes enceintes,
Le Barde pleure et n'est plus inspiré.
Tel qu'un lis jeune et pâle au souffle des orages
L'enfant se fane au vent des voluptés;
Le méchant comme un arbre aux perfides ombrages
Répand la nuit de ses iniquités !

Dans les cieux noirs autour des palmes triomphales
Rôde l'envie au front décoloré,
Et la vertu paraît dans l'ombre des rafales
Un roseau frêle au feuillage éploré !
L'épi naissant à peine étouffe sous l'ivraie,
Dans le fruit mur un ver s'est abrité ;
La rose de la foi, flétrie et déflorée,
S'effeuille aux doigts de l'incrédulité.

Et le juste, éperdu, vers les voûtes muettes
Lève ses yeux pleins de pleurs et d'effroi;
Où sont, dit-il, ces jours qu'annonçaient les prophètes,
Ces jours chantés par le prophète-roi ?

Oublierais-tu, Seigneur, tes saints dans leur détresse ?
Le mal déborde et le bien va périr !
Si quelque juste encor s'attache à ta promesse,
Il lutte en vain, le flot va l'engloutir !

Mais que dis-je ? le juste ! En est-il sur la terre ?
Le vent du doute a desséché nos cœurs !
Enfants à cheveux blancs d'un siècle délétère,
L'or, les plaisirs nous traînent en vainqueurs.
De nos cieux obscurcis tombe, en infecte pluie,
Le noir péché, ferment de déshonneur,
Et le remords l'étend à toute notre vie.
Brise ce monde impur, ou sauve-le, Seigneur !

JUGEMENT.

Je voudrais être assis au haut de la montagne,
Sur un âpre rocher, d'où l'on vît l'univers ;
Je voudrais à mes pieds voir, rivé comme au bagne,
Le genre humain maudit, tout ployé sous ses fers !

Je voudrais voir au loin, sous mon trône superbe
Ramper le front royal des antiques cités,
Et les fils des humains, frissonnants comme l'herbe,
Hurler au souvenir de leurs iniquités !

Et moi, je serais juge, et d'un regard terrible,
Portant dans tous les cœurs un jour éblouissant,
Je les jetterais tous, palpitants, dans un crible ;
L'enfer prendrait l'ivraie, et le ciel le froment !

Ainsi parlait, un jour, un saint homme en colère.
Dieu, souriant, lui dit : « Petit, laisse-moi faire ! »

A MA SŒUR.

Hélas ! ils ne sont plus, ces siècles féériques,
Où les mortels heureux dans leur simplicité
Coulaient des jours pareils à ces fleuves antiques,
Qui, roulant à pleins bords leurs ondes magnifiques,
    Se perdent dans l'immensité !

Depuis, le fol orgueil est entré dans le monde,
Et sur ses pas la mort, qui moissonne en tous lieux ;
Pour l'homme il n'est plus rien que misère profonde,
Que sol dur et maudit, que cieux troublés où gronde
    Le tonnerre irrité de Dieu !

Chacun doit ici-bas payer sa redevance
A ce maître si dur qu'on nomme le Destin ;
Chacun avant la paix doit connaître l'offense,
Et boire longuement aux coupes de souffrance
    Avant de toucher au festin !

Aussi n'irai-je pas demander à ma lyre
D'illusoires souhaits, des vœux pleins de douceur ;
Quand tes yeux de treize ans vont commencer à lire
Dans ce livre fatal où tout saigne ou soupire,
    Faudrait-il te tromper, ma sœur ?

Ah! que la vie est loin de ces rêves aimables
Qui naissent trop souvent dans un cœur jeune encor!
La plupart de nos jours sont des jours misérables;
Nos malheurs sont réels, ce n'est que dans les fables
     Qu'ont existé les âges d'or!

Dois-je te souhaiter une douce existence
Quand je sais que le sort ne t'épargnera pas?
Non; mais pour adoucir la peine et la souffrance,
Pour alléger ton sort, je puis en confiance
     Prier Dieu de guider tes pas!

Ah! qu'il surveille donc ta vie, et ton voyage
Dans l'aride désert où nous nous traînons tous!
Aux endroits périlleux que sa voix t'encourage,
Et qu'à chaque fardeau son regard te soulage
     Et te le rende cher et doux!

Qu'il t'accorde, à la fin de ton pèlerinage,
Cette palme que rien ne te ravira plus!
Mais jusqu'alors, ma sœur, sois prudente, sois sage,
Et souviens-toi qu'il est, au céleste héritage,
     Des appelés, mais peu d'élus!

Des ailes pour voler.
Rückert.

Loin de moi ! Loin de moi, froide et vile matière !
Loin de moi ! corps impur qu'un seul souffle détruit !
Mon âme est lasse enfin d'habiter la poussière ;
Je veux voir à mes yeux disparaître la terre,
Le ciel n'est pas trop vaste aux ailes de l'esprit !

SUR UN ALBUM.

Oh! la vie est un songe où mille ombres rapides,
Sans s'arrêter jamais, passent devant nos yeux.
En vain, pour les saisir, tendant nos mains avides,
Nous pensons les fixer; hélas! sous nos doigts vides
Le temps les fait glisser et se rit de nos vœux!

Ainsi tu vas partir, toi qui fus notre amie,
Tu vas revoir ces lieux chers à ton souvenir!
Mais quand tu fouleras le sol de ta patrie,
Vers le passé parfois guidant ta rêverie,
En esprit près de nous voudras-tu revenir?

Ah! pense à nous, le soir, quand au ciel qui scintille
Tu laisseras flotter de longs et doux regards!
Pense à nous, quand assise au sein de ta famille
Tu verras vaciller sur le foyer qui brille
  Les flammes aux reflets blafards!

Mêle nos noms alors à ceux que ta prière
Rappelle chaque jour à l'amour du grand Roi!
Et du sein de la joie, ou de la peine amère,
Pense à nous, qui t'aimons d'une amitié sincère,
  Et nous, nous penserons à toi!

SONNET A H. P.

Quand vers les monts de l'Helvétie
Vous irez, lestes et joyeux,
A vos pieds la verte prairie,
Sur vos fronts, les glaciers, les cieux;

Quand dans les plaines d'Italie,
Rêveurs, vous foulerez tous deux
La terre entre toutes bénie
Et riche en passé glorieux:

Songe que ma pensée amie
Sur l'aile de la rêverie
Suivra vos pas aventureux,
Et quand elle sera finie,
La ravissante flânerie,
Que j'attends tes récits,.... mon vieux!

POURQUOI NE PUIS-JE T'AIMER?

Ah! quand tes beaux yeux d'ombre où gronde la pensée
Laissent tomber sur moi la fascination,
Que mon âme d'un vol vers toi s'est élancée,
Qu'il me monte à la bouche un cri de passion,

D'où vient donc que soudain sur mes lèvres, mourante
La parole se glace, et que mon œil ternit?
Qu'il ne me reste au cœur que haine défiante,
Que dégoût dans le corps et qu'aigreur dans l'esprit?

D'où vient que je me drape en mon esprit rebelle,
Que ta voix dans mon cœur n'éveille plus d'écho?
Serait-ce que le ciel, en te créant si belle,
A mutilé ton âme, ô Vénus de Milo?

L'INCENDIE DU COUVENT SAINT-GUILLAUME A STRASBOURG,

(29 juin 1859.)

L'an dernier, lorsque juin répandait sur nos plaines
Ses ombres, ses rayons, ses flottantes haleines,
Vous souvient-il qu'un soir sur nos têtes, vermeil,
S'élança comme un phare un immense incendie,
Présentant à nos yeux la sombre parodie
   D'un ardent coucher de soleil?

Ce soir, dans les cieux purs nageaient de blancs nuages,
La foule aux pas dolents glissait sous les ombrages,
Ou s'épandait joyeuse aux pieds de nos remparts;
Car la fête aux cent voix que chaque été ramène
S'étalait hors des murs, bourdonnante et sereine
   Avec ses mille jeux épars.

Tout à coup dans les airs l'antique cathédrale
Jette sa voix d'airain. Foule au visage pâle,
D'où vient que tu t'enfuis? Quel est ce bruit lointain?
Quoi! n'entendez-vous pas ces tintements d'angoisse?
Ces cris tumultueux! On se hâte, on se froisse!
   Courons! Courons! C'est le tocsin!

Déjà de tous côtés la foule qui se rue
Tremblante, l'œil hagard, erre de rue en rue,

3

Et le cri de détresse : « Au feu! » résonne, « au feu! »
Et chaque cœur palpite, et chaque voix s'écrie :
Ah! n'est-ce pas sur moi que s'est appesantie
    La main vengeresse de Dieu?

Un cloître s'élevait près d'un temple, naguère,
Par l'homme et par les temps démoli pierre à pierre,
Mais toujours restauré, mais habité toujours;
Débris du moyen âge, où la foi de nos pères
Semblait planer encor en nos temps moins austères,
    Comme un parfum des anciens jours!

Un jardin sombre, étrange et rempli de murmures,
Qu'entourait un couloir aux ogives obscures,
Quelques rosiers en fleurs et des arbres mouvants,
De grands corridors noirs tout peuplés de mystères,
Des chambres que hantaient les esprits légendaires,
    Des vitraux où pleuraient les vents!

Voilà ce que rongeaient les flammes avec rage;
Partout le feu gagnait avec un bruit d'orage,
Se courbait sur les toits en dôme flamboyant!
Tels, au reflux, poussant mille clameurs sauvages
De longs flots recourbés s'élancent aux rivages,
Et semblent dévorer la plage, en l'immergeant!

L'AMANT DE L'ILE AUX VAGUES.

Inistone sommeille au murmure des vagues.
La fille de la nuit répand ses clartés vagues
Sur la mer qui scintille et sur les bois ombreux ;
Les étoiles au bord du couchant ténébreux
S'inclinent tour à tour et glissent sous les ondes ;
Les vents restent sans voix dans les forêts profondes,
Et les ombres, au pied des sapins décrépits,
Dorment sans vaciller sur les mornes tapis.
Du golfe monotone aucun bruit ne s'élève
Que les pleurs de la vague expirant sur la grève,
Et sous le noir feuillage à peine quelquefois
Le chantre des beaux soirs laisse vibrer sa voix.
Oh! que la nuit est douce et son calme magique !
Peut-être savez-vous quel sommeil léthargique
Pèse sur la nature au sein des nuits d'été
Et fait rêver au cœur la calme éternité?
C'est ainsi que les bois, et les flots, et la plage,
Tout dort! Un bruit, soudain, s'élève du rivage,
Et sous les blancs reflets de l'astre au front d'argent
On voit à pas pressés, sous un manteau flottant,
Un homme s'avancer vers le bord solitaire.

Là, liée à la rive, une barque légère
Se berce mollement, invitant au repos,
Parmi l'algue marine et l'écume des flots.
L'inconnu l'aperçoit, la détache et s'élance.
Bientôt il fuit le bord, bientôt la mer immense
Sous l'humide aviron qui s'abat tour à tour,
Gémit, ainsi que l'air sous l'aile d'un vautour.

O muse! quel est-il, cet amant des ténèbres?
Qui donc ose venir à ces heures funèbres
Où l'ombre de la mort semble planer aux cieux,
Se bercer sur les flots de l'océan brumeux?
C'est Starno le rêveur, l'enfant de l'île aux Vagues,
Il aime à s'enivrer de ces voluptés vagues
Qu'éveille dans le cœur ainsi que des échos,
Sous le calme des nuits la cadence des flots!
O nuit chère au jeune âge, au rêve, à la tristesse,
Asile de repos, de paix enchanteresse,
Ah! qu'il est doux de voir tes dômes radieux
Se mirer dans la vague aux reflets lumineux!
N'est-il pas vrai, Starno? Mais ton triste sourire
Répond seul à ma voix! Muet, tu sembles dire:
« Oui! j'admire ces lieux, ce repos solennel,
Ce bruit des flots qui monte en cantique éternel,
J'admire ce tableau que jamais main savante
Ne saurait reproduire en sa beauté touchante;
J'admire, mais mon âme est bien loin de ces lieux;

J'admire, mais tandis que mes regards aux cieux
Vont se perdre, et flotter d'étoiles en étoiles,
Mon âme, de la nuit perçant les sombres voiles,
Ne rêve que le jour, le jour où, frémissant,
J'épie au bord des flots l'ange au front ravissant,
Malvina, qui vient seule errer sur le rivage,
A l'heure où les oiseaux cachés sous le feuillage
Célèbrent dans leurs chants l'aurore au feu vermeil,
La brise qui frémit sur les fleurs, au réveil,
L'astre brillant du jour abordant sa carrière,
Et les rochers fumants sous sa tiède lumière.
Oh! qu'alors elle est belle avec ses bruns cheveux,
Avec ses yeux d'azur qui reflètent les cieux,
Et son riant visage où le carmin se joue
Si pur, que l'on croirait voir briller sur sa joue
Les premiers feux d'aurore et ses vives couleurs!
Oui, lorsque la rosée aux calices des fleurs
Scintille en diamants sur les vertes prairies,
Elle laisse, au hasard, sur les herbes fleuries
Courir son pied d'enfant qui ne peut les fouler;
Elle aime à voir aux mers les ruisseaux se mêler,
Et sur le nid de mousse où l'œuf est près d'éclore,
Le barde ailé de Dieu, de son gosier sonore
Faire jaillir, limpide, un cantique d'amour.
Alors je viens, tremblant, près de quelque détour
Sous les buissons fleuris épier son passage,
Heureux, si je puis voir son gracieux visage

Sourire au ciel qu'elle aime, aux fleurs, ses jeunes sœurs,
Aspirer du matin les suaves senteurs,
Et, suivant du regard l'insecte qui murmure,
Embaumer les zéphirs de son haleine pure!
Mais, tandis que mon œil avec amour la suit,
Tremblant de me trahir par le plus léger bruit,
Je comprime le souffle en mon sein qui palpite;
Et quand elle est tout près, ah! que mon cœur bat vite!
Que j'aimerais pouvoir me prosterner, joyeux,
A ses pieds adorés, prêt à lire en ses yeux
Ou la douce espérance, ou la mort de mon âme!
Mais non! je n'oserais! je sais trop que ma flamme
N'éveille dans son cœur aucun tendre reflet!
Me voyant sans plaisir, me quittant sans regret,
Pourrait-elle m'aimer? Non! son cœur me méprise,
Et pareille à l'écueil où la vague se brise
Elle laisse à ses pieds expirer sans écho
Les prières, les chants, tout l'amour de Starno!

Ainsi rêve Starno! Mais du milieu des ombres
La lune en ce moment plus près des vagues sombres
Fait briller dans les cieux son bouclier d'argent.
Le golfe est toujours calme et le flot murmurant;
Starno dans la nacelle a déposé les rames,
Son esquif au hasard se berce avec les lames,
Et sa main sur la lyre accompagnant sa voix,
Il fait de ses accents frémir l'onde et les bois:

Ah! si ma lyre harmonieuse
Avait les suaves accents
Qu'au sein de la nuit radieuse
Le rossignol a dans ses chants!

Si ma lyre avait les sons vagues,
Et les murmures enchanteurs
Du rivage où brisent les vagues,
Ou du zéphir berçant les fleurs,

Si je savais dans quel mystère
Les anges puisent leurs accords,
Quand ils font oublier la terre
Aux âmes heureuses des morts,

Si je savais les voix profondes
Qui montent de l'immensité,
Quand les soleils, traînant des mondes,
Traversent l'éther agité!

S'il n'était ni flot ni zéphire,
Ni son doux, ni chant de bonheur
Qui ne résonnât sur ma lyre,
Qui n'eût un écho dans mon cœur;

Ah! brûlé d'une ardeur extrême,
Dans quel langage harmonieux
Je te dirais, vierge que j'aime :
« Je t'aime, bel ange des cieux! »

Je te dirais : oh! sans partage
Laisse l'amour régner en toi!
Crois-moi, la vierge la plus sage
N'est pas exempte de sa loi!

L'amour! c'est la vie à notre âge!
Ne vois-tu pas le doux émoi
Que l'amour sur ton doux visage
Dévoile à mes yeux, malgré toi?

Les lis si purs de la prairie
Tremblent-ils donc d'être souillés,
S'ils penchent leur coupe fleurie
Sur l'eau qui ruisselle à leurs pieds?

Imite le lis du rivage,
Ne tremble pas pour ta candeur,
Et laisse ta rêveuse image
Se mirer au fond de mon cœur!

Chaque chose ici-bas s'écoule
Vers un terme mystérieux.
Là-bas, c'est le ruisseau qui roule
Ses flots vers l'océan brumeux.

Ici c'est l'invincible pente
D'un ravissant et chaste amour
Qui guide ma pensée ardente
A voler vers toi nuit et jour!

Ah! si je pouvais sous l'ombrage
M'asseoir et rêver avec toi,
A l'heure où brille sans nuage
L'orbe éclatant de l'astre-roi!

Que j'aimerais à te redire
Mille fois les mêmes aveux,
Te dire combien je t'admire,
Combien sont chastes tous mes vœux!

J'ornerais ton front de feuillage,
Je baiserais tes mains d'enfant,
Heureux si parfois ton visage
S'inclinait vers moi, souriant!

Je te dirais, dans mon ivresse:
Unissons à jamais nos cœurs!
Coulons des jours pleins d'allégresse
Au sein des rêves enchanteurs!

Oh! de ta bouche épanouie
Comme la rose au feu du jour
Verse à mon oreille ravie
Un hymne, ou quelques mots d'amour!

Laisse mon âme pure et vive
Te vouer avec ton aveu
Cette adoration naïve
Que les enfants offrent à Dieu!

Ah! dans cette innocente extase
L'œil du jour me verrait encor
A l'heure où l'Orient s'embrase
De ses rayons de pourpre et d'or!

Et quand viendrait la nuit tombante,
En cueillant le baiser d'adieu,
J'appellerais, ô mon amante,
La rougeur sur ta joue en feu!

Puis, resté seul avec les lames,
Longtemps je te suivrais des yeux,
Et l'ange qui veille à nos âmes
Remonterait pur vers les cieux!

Ainsi chante Starno ; sa voix harmonieuse
Roulant de vague en vague, à la rive écumeuse
Vient expirer enfin.. Tels résonnaient jadis
Les chants mélodieux des filles de Thétys!
Mais quand les derniers sons, en atteignant la rive,
Ont réveillé d'Écho la voix sourde et plaintive,
Un soupir, de la plage, a soudain répondu.
« Qu'entends-je! » dit Starno, qui se dresse éperdu,
« Est-ce le bruit d'un flot qui retombe en poussière,
Ou la brise qui pleure en courbant la bruyère,
Ou l'oiseau dans son nid réveillé par mes chants?
Ou bien serait-ce toi, Malvina, que j'entends? »

Mais déjà ce n'est plus que l'éternelle plainte
Des flots pressant leurs bords d'une impuissante étreinte.
Le rivage est sans voix, et l'air silencieux.
Aucun souffle ne ride en ce moment les cieux,
Où le cap, noir géant, plonge sa tête altière.
Mais l'Orient soudain, ce berceau de lumière
S'éclaire par degrés d'une blanche lueur ;
Bientôt s'étend aux cieux une molle pâleur,
L'obscurité faiblit, les étoiles s'éteignent,
Et sous l'aurore au loin les nuages se teignent
De reflets purpurins, qui brillent dans les airs,
Mille fois répétés par la vague des mers.

Oh ! voici le soleil ! Voyez ! son disque immense
Sur les flots éclatants grandit et se balance,
Et comme un dôme en feu qui s'écroule en débris,
Change la mer en or et le ciel en rubis.
Mais il quitte les flots, et son orbe splendide
S'élève lentement au sein de l'air limpide.
Et cependant Starno, ramenant son esquif,
Aux galets du rivage aborde tout pensif ;
Mais dès que sous ses pieds il a foulé la plage,
Un léger pas bien près fait trembler le feuillage ;
Il s'arrête, il regarde, il se récrie ! o cieux !
Malvina, souriante, est là, devant ses yeux !

UN REGARD.

Un seul instant mes yeux ont bu l'étrange flamme
        De ton œil noir ;
   Ainsi des mers la folle et sombre lame
            S'enflamme
        Aux feux du soir !

Un rayon qui s'éteint tout à coup se propage
        En rouges feux,
   Et tout flamboie, ondes, forêts, nuage
            Qui nage
        Au fond des cieux !

Vierge ! tes yeux sont noirs comme l'ombre nocturne,
Ton visage est plus blanc que l'aube, et tes cheveux,
Mieux que le crêpe en deuil sur le marbre de l'urne,
Retombent sur ton cou flexible et gracieux.

Comme deux flots amis qu'un même vent soulève,
Sous ta robe jalouse ondulent tes beaux seins,
Tes bras semblent de marbre, et ton corps, c'est le rêve
Du peintre qui s'endort un pinceau dans les mains.

Vierge ! sur les autels l'encens qui s'évapore
Fait oublier souvent les riches encensoirs ;
Ainsi fait oublier ces formes que j'adore
L'âme ardente qui veille au fond de tes yeux noirs !

SÉRÉNADE.

Sous le manteau des nuits
Où tout aime ou sommeille,
On n'entend que les bruits
De la ronde qui veille,
Et la lune vermeille
Se mire au fond des puits.

Tout est plein de silence;
Un beau rayon doré
Baigne la ville immense:
Sur ton seuil adoré
Je veille, dévoré
D'amour, d'impatience !

A ton balcon de fleurs
Dont la brise soulève
Les suaves senteurs,
Apparais, ô mon rêve !
Vois, mon regard s'élève
Vers toi, mouillé de pleurs !

La nuit est moins obscure
Que tes grands yeux ombrés ;
Ta riche chevelure

D'or et d'argent mêlés
Des beaux fronts couronnés
Formerait la parure !

Viens, l'on entend gémir
Sur les cyprès des tombes
Tout ivres de désir
Les plaintives colombes.
Vois-tu des catacombes
Ce feu follet jaillir ?

Sa flamme vagabonde
Naît au sein des marais,
Se glisse au bord de l'onde,
Danse au milieu des prés
Et meurt en feux dorés
Dans la forêt profonde !

O descends à ma voix,
Ninetta, ma bien chère,
Que mon âme aux abois
N'aille pas ; solitaire,
Pauvre et folle lumière,
S'éteindre au fond des bois !

SA TOMBE.

Ah ! je connais un enclos solitaire
Où tout sommeille, où les bruits de la terre
Vont expirer sans réveiller d'échos !
Souvent j'y viens, ennuyé de la vie,
M'y replonger dans la mélancolie,
Et me bercer dans un morne repos !

Séjour mystérieux, que j'aime ton silence !
Que ton paisible aspect me donne d'espérance !
Qu'il me rend insensible à toute adversité !
C'est dans toi que la mort, comme une tendre mère,
Berce l'enfant de Dieu qui s'endort sur la terre
Pour ne plus s'éveiller que dans l'éternité !

Et c'est là qu'elle dort, celle qu'aimait mon âme,
La vierge aux cheveux noirs, aux longs regards de flamme,
Cet étrange idéal qu'avait rêvé mon cœur !
Là je crois respirer l'haleine virginale
Qui naguère effleurait sa lèvre fine et pâle
Où la mort déposa son baiser destructeur !

Il est là, solitaire,
Humble, et de blanche pierre,
Son monument.

La nuit, Phébé l'éclaire
D'un rayon de lumière
   Pâle et tremblant,
Et la feuille qui tombe
Va frémir sur sa tombe
   Avec le vent.

SONNETS.

<table>
<tr><td>1.</td><td>2.</td><td>3.</td></tr>
<tr><td>

Un rêve,
La nuit,
Sans trêve
Me suit.

La grève
Reluit,
S'élève
Un bruit :

La lame
De flamme
Se teint ;
Ma dame,
Blanche âme,
Revient.

</td><td>

Tout, dune,
Forêt,
Lagune,
Se tait :

La lune
Monte et
Ma brune
Paraît.

Sous elle
Un frêle
Canot
Se glisse
Et plisse
Le flot.

</td><td>

Que j'aime
Vous voir,
Front blême,
Œil noir !

Dieu même,
Ce soir,
Nous sème
L'espoir ;

La plaine
Sereine
Reluit.
Ma reine
M'entraîne
Sans bruit.

</td></tr>
</table>

LE FANTOME DU PASSÉ.

La nuit était venue, énervante et muette,
S'étendre comme un songe au val silencieux ;
C'était un soir sans lune, et l'étoile discrète
Brillait d'un doux éclat au dais sombre des cieux !

Et j'errais dans la nuit, seul avec mes pensées,
Au hasard des chemins par les ombres voilés,
Et les peupliers noirs, aux cimes élancées,
Plongeaient, mornes géants, dans les cieux étoilés.

Et j'errais dans la nuit, la nuit où rien ne veille
Qu'une étoile là-haut, qu'un rêveur ici-bas,
Et la campagne était sans voix, et mon oreille
N'entendait que le bruit étouffé de mes pas !

Soudain, près d'un vieux mur, une grille entr'ouverte
S'offre à mes yeux : j'entrai, c'était un triste enclos ;
Là-bas une croix brune et de mousse couverte,
Et tout autour, des croix, des pierres, des tombeaux.

C'était le champ des morts, délaissé, solitaire,
Où, sous les frais parfums des touffes d'églantiers,
Nos aïeux doucement sommeillent dans la terre,
Tandis que l'herbe épaisse envahit les sentiers.

Quelques vers lumineux, timides lucioles,
Luisaient dans l'herbe noire, ainsi que des fruits d'or;
Dans les saules en pleurs, parfois les brises folles
S'éveillaient, frissonnaient et prenaient leur essor!

Et les feuilles tremblaient, et les ombres mouvantes
Semblaient se détacher lentement des tombeaux,
Et pâle, je voilais avec mes mains tremblantes
Mes yeux .... puis tout rentrait dans un morne repos.

Brisé d'émotion par ces scènes funèbres,
Les genoux défaillants et le vertige aux yeux,
Je cherchai pour m'asseoir, au milieu des ténèbres
Quelque dalle couchée, ou quelque banc pieux.

Bientôt, mon pied heurtant la dalle d'une tombe,
Je m'arrêtai, m'assis, et sans me souvenir
Des lieux qui m'entouraient, et de l'heure qui tombe,
Je repliai mes bras sous mon front, pour dormir.

Cependant, je ne sais quelle frayeur maudite
Quand je fermai les yeux, vint m'assaillir soudain.
Je venais de sentir, sculpté dans le granite,
Un linceul à grands plis, froid et dur sous ma main!

Et j'y songeai longtemps, quand sous moi, chose étrange,
Je crus sentir un pied, puis un autre bouger.
Je ne me trompais pas; le linceul se dérange....
O terreur! Il se dresse! où fuir? où me cacher?

Mais non! pourquoi m'enfuir? voix vibrante et si belle,
Ah! je te reconnais! Accent mystérieux,
D'où vient qu'en t'écoutant mon esprit se rappelle
En vagues souvenirs le passé ténébreux?

Fantôme pâle et doux, né de la tombe noire,
Qui donc es-tu? Mon âme en efforts superflus
Se perd à rappeler ton nom dans ma mémoire!
« Ah! dit l'ange attristé, tu ne me connais plus! »

Je vous connais! beaux yeux tout baignés de tendresse,
J'ai baisé ces cheveux sombres et ruisselants!
J'ai senti sur mon front ta lèvre enchanteresse
S'épuiser en soupirs, en longs baisers brûlants!

Mais c'était autrefois, c'était un autre monde!
Un vague souvenir m'en monte du passé,
Ainsi qu'une fleur d'or qu'on entrevoit sous l'onde,
Ou qu'un fleuve endormi, par la nuit effacé!

« Oui, c'était autrefois, c'était un autre monde;
J'ai bien longtemps dormi, » dit-elle, et de ses yeux,
Comme un rayon tombé de la voûte profonde,
Un rayon m'inonda d'un jour mystérieux!

LA FEMME DU PÊCHEUR.

Enfant, la mer est calme et belle,
Pas un nuage n'est aux cieux;
Au loin je vois une nacelle
Que guide un matelot joyeux.

Enfant, cet homme, c'est ton père!
Il vogue au loin sous le ciel bleu;
Pour toi, mon fils, et pour ta mère,
Il gagne le pain du bon Dieu.

Le soleil rit à la fenêtre,
Et toi, tu dors sur mes genoux;
Sommeille en paix, cher petit être,
Un père aimant veille sur nous.

Enfant, au ciel est un bel ange,
Son œil baissé vers le pêcheur,
Le suit, et si l'Océan change,
Il le préserve de malheur.

Enfant, cet ange c'est ton frère,
Il nous sourit dans le ciel bleu,
Et lorsque tu dis ta prière,
C'est lui qui la redit à Dieu.

Pour nous aux pieds du divin maître
Ton frère prie à deux genoux:
Toi, dors en paix, cher petit être,
Un ange aux cieux veille sur nous!

LE DERNIER BARDE.

Tout se tait dans les airs, l'onde coule plus lente,
    Et sous les vieux rochers du Nord
    Le flot verdâtre se lamente ;
Tout se tait dans les airs, l'onde coule plus lente,
    Le dernier des Bardes est mort !

Quel chant s'éveillera, soleil, à ton aurore,
    Et qui fera, lorsque tout dort,
    Résonner la harpe sonore ?
Quel chant s'éveillera, soleil, à ton aurore ?
    Le dernier des Bardes est mort !

O filles de Morven, pleurez, la nuit est sombre,
    L'écume jaillit près du bord ;
    Les guerriers morts rôdent dans l'ombre ;
O filles de Morven, pleurez, la nuit est sombre,
    Le dernier des Bardes est mort !

NORTHMANNIA.

Nous avons fait vibrer le glaive !
L'aurore a vu nos cent vaisseaux
Se ranger le long de la grêve
Et jeter l'ancre au fond des flots !
La trompe a fait gémir la plage,
Le roi des mers s'est élancé,
Et sur ses pas comme l'orage
Volait un bataillon pressé !

Nous avons fait vibrer le glaive,
Il a brillé dans le combat ;
Ainsi, quand l'ouragan s'élève,
L'éclair se déchaîne et s'abat !
A chaque coup tombait un brave,
Les boucliers gisaient fendus,
Le grand guerrier, le vil esclave
Luttaient dans les rangs confondus !

Nous avons fait vibrer le glaive !
La sueur mouillait tous les fronts,
Et sur les rangs fauchés sans trève,
Les corbeaux décrivaient des ronds !

Mais tout cède à notre courage,
Bientôt nous frappons à loisir;
Tant de héros jonchaient la plage,
Que les loups hurlaient de plaisir!

Nous avons fait vibrer le glaive!
Les vierges des héros tombés,
Comme les fantômes d'un rêve,
Erraient sur ces bords désolés.
Leurs palais, croulants dans les flammes,
Longtemps ont éclairé les flots,
Tandis que, courbés sur les rames,
Nous chantions, joyeux matelots!

CHASSEUR D'ISARD!

Amis, l'aurore
Se lève et dore
Le blanc glacier.
Vite à la chasse,
C'ést l'heure où passe
L'isard léger!

A-nous, montagnes,
Vertes campagnes,
Riants coteaux,
Sombres allées,
Riches vallées,
Bruyants ruisseaux!

L'âme sereine,
La gourde pleine,
L'œil vif et fier,
Une arme sûre,
Et la chaussure
Lourde de fer;

Bouillant courage,
Cœur à l'ouvrage,

Perçant regard,
Tel est cet homme
Libre, qu'on nomme
Chasseur d'isard !

ANGELUS.

Le soir, du haut de la colline,
Quand le jour baisse à l'horizon,
L'angelus à voix argentine
Descend et remplit le vallon.

Le pâtre l'écoute et s'incline,
Et rêve et prie en l'écoutant,
Et dans les buissons d'églantine
La brise passe en gémissant.

L'astre d'amour aux cieux rayonne;
Là-bas, dans l'ombre des chemins,
Quel est ce doux chant qui résonne
Comme un écho des temps lointains?

Ce sont du sombre monastère
Les vieux et pâles habitants
Qui dans la lande solitaire,
Mornes, se glissent à pas lents.

Passez, passez, cortége austère!
Blancs fantômes des trépassés!
Ils passent, et mon cœur se serre, ...
Mon œil se trouble, ... ils sont passés!

RONDE INFERNALE.

Hourrah! Voici minuit qui sonne
Au triste beffroi du couvent!
L'écho des murs longtemps résonne,
Et dehors, dans la nuit d'automne,
Se déchaîne et mugit le vent!
Et lentement de noirs nuages
Cachent la lune aux froids rayons,
Et du couvent les blancs vitrages
Se teignent de lueurs sauvages;
Hourrah! C'est l'heure des démons!

Hourrah! Guirlandes fantastiques
De démons et de farfadets,
Enlacez les piliers gothiques,
Où des torches mélancoliques
Vacillent les sanglants reflets!
Vieux nécromans, vieilles lépreuses,
Battez vos hideux entrechats!
Pour guider les danses fiévreuses,
Hurlez, chouettes aux voix creuses,
Et concert glapissant des chats!

Hourrah ! Dansez, l'aube naissante
Bientôt va blanchir les vitraux !
Alors, multitude bruyante,
Tu fuiras, pâle d'épouvante,
Dans la nuit morne des tombeaux !
Courage donc, bande infernale,
Dansez, bacchante au sein mouvant,
Vampires au visage pâle,
Avant que l'aube matinale
N'éclaire les murs du couvent !

MARCHE NOCTURNE.

Voyageurs attardés dans l'ombre,
Perdus dans les vallons déserts,
Hâtons le pas, la nuit est sombre,
L'ouragan siffle dans les airs !

Les étoiles aux cieux funèbres
S'éteignent au souffle du vent,
L'arbre se tord dans les ténèbres,
Dans les bois gronde le torrent.

Marchons, amis, dans les rafales
Nous guide le feu des éclairs,
La tempête aux voix triomphales
Chante un grand hymne dans les airs !

Et nous, à la voix du tonnerre,
Mêlons nos chants harmonieux !
Le Dieu qui règne dans les cieux
Est notre Père, est notre Père !

LE PETIT ORPHELIN.

Le ciel est gris, la bise est rude,
Les arbres noirs, tristes et nus ;
L'automne a fui, l'hiver prélude
Et les frimas sont revenus.

Au frôlement de la feuillée
Qui glisse et court sur le chemin,
Près d'un rustique mausolée
Un enfant pleure et tend la main :

« Vous qui passez, donnez l'aumône,
« Donnez au petit orphelin,
« Donnez, car Dieu rend ce qu'on donne,
« Donnez, j'ai froid, donnez, j'ai faim ! »

Mais l'hiver a durci la terre
Et l'autan gémit dans les bois ;
Dans la campagne solitaire
De l'enfant nul n'entend la voix !

Parfois un voyageur rapide
Passe, abrité dans son manteau,
Sans écouter l'enfant timide
Qui pleure, et dit près d'un tombeau :

« Vous qui passez, donnez l'aumône,
« Donnez au petit orphelin,
« Donnez, car Dieu rend ce qu'on donne,
« Donnez, j'ai froid, donnez, j'ai faim! »

Mais la nuit vint, froide et cruelle,
L'enfant ne cessait de gémir :
Sa faim, hélas! était mortelle,
Et sa douleur devait finir.

Une vierge qui vit à l'aube
L'enfant aux membres demi-nus,
Courut le couvrir de sa robe;
Hélas! l'enfant ne souffrait plus!

« Vous qui passez, donnez l'aumône,
« Donnez au pauvre, à l'orphelin,
« Donnez! sans ce peu qu'on leur donne,
« Peut-être ils seraient morts demain! »

A LA NUIT.

La nuit tombe, le jour expire,
La paix descend sur les coteaux;
Dans les grands bois et sur les eaux
Le vent des nuits passe et soupire.

Et lentement dans les cieux noirs
S'épanouissent les étoiles;
Qui dira ce que sous leurs voiles
Ont de mystères les beaux soirs?

O nuit! tes splendeurs éternelles
Rallument la foi dans nos cœurs;
Ange à l'œil sombre, ange des pleurs,
Des parfums tombent de tes ailes!

Dans ton palais silencieux
On rêve, on dort et l'on oublie :
Pour tes bienfaits, oh! sois bénie,
Nuit sainte qui rayonne aux cieux!

JOURS DE MAI.

I

Sur la branche
Qui se penche
Verte et blanche
Aux zéphirs,

Une douce voix chante et pleure
Et moi, rêvant, oubliant l'heure,
Je m'endors, tandis que m'effleure
L'aile rose des désirs !

II

Je l'ai donc retrouvé, mon lumineux empire !
Vers les cieux éternels reprenant son essor,
Mon âme est remontée avec un bruit de lyre
Vers son Eldorado, sa terre aux rives d'or !
Oh ! mes cieux rayonnants, parcs pleins d'ombre, grands arbres,
Vous, vieux étangs royaux au flot bleuâtre et pur,
Mes papillons dorés, mes roses, mes beaux marbres,
Dieux antiques, héros, sylphes aux yeux d'azur !

Vous m'êtes donc rendus! Et vous, ondines blondes
Aux bras éblouissants, aux longs cheveux épars,
Qui sous les doux baisers de la lune et des ondes
Nagez et folâtrez parmi les nénuphars,
Je pourrai donc, la nuit, sous les blanches étoiles,
Vous épier encore, et sourire à vos jeux,
Quand baignés de lumière, humides et sans voiles,
Dans les coins noirs luiront vos corps voluptueux!
Sur mon front les tilleuls, secouant leurs ombrages,
Et les magnolias verseront leurs senteurs;
Mes vieux châteaux hantés, au fond des bois sauvages,
Me rendront du passé les rêves enchanteurs !

J'abreuverai mon âme aux ondes éternelles
Que la nature et Dieu prodiguent au songeur;
Loin des secs parchemins, loin des vaines querelles
Je trouverai la vie avec la paix du cœur!
Le regret du passé, fastidieux fantôme,
N'assombrira jamais mon front toujours serein;
Je vivrai calme et pur, jamais dans mon royaume
Un beau jour ne craindra le deuil du lendemain!
Loin d'ici, morne envie et science pédante!
Vous terniriez mes fleurs, mes flots purs, mon ciel bleu!
Je vous bannis! Je veux vivre seul, comme Dante,
Seul avec la nature et seul avec mon Dieu!

III

VIOLETTE.

Ah! quel parfum s'élève
De toi, petite fleur !
Tu me rends mon beau rêve,
Le rêve de mon cœur!

Dans un bois solitaire,
Sous l'ombre des rameaux,
Un rayon de lumière
Éclaire un nid d'oiseaux.

Là vit un doux ménage
Harmonieux, béni,
Tout l'espoir du bocage
Repose dans ce nid.

Peu suffit à leur vie :
Lui chante tout le jour,
Elle écoute, ravie,
Les yeux brillants d'amour.

Et voilà mon beau rêve,
Le rêve de mon cœur!
Ah! quel parfum s'élève
De toi, petite fleur!

IV·

UN RÊVE.

Le jour vers d'autres cieux avait pris son essor ;
Au couchant le soleil venait de disparaître ;
L'air était tiède et pur, et la grande fenêtre
   Semblait n'être
Que le cadre du ciel, immense océan d'or !

Deux vierges contemplaient cet horizon magique ;
Leurs voix à mes côtés résonnaient comme un chant ;
L'une disait à l'autre, émue et se penchant :
   « Le couchant
Est bien beau. » — « Oui, dis-je, magnifique ! »

Et je parlais encor, lorsque soudain mes yeux
Virent... ô Dieu ! comment pourrai-je le décrire,
Sur le fond d'or du ciel qui ne cessait de luire,
   Me sourire
Comme un lis dans l'azur, l'Idéal aux yeux bleus !

Dans les airs rayonnants, à l'entour de sa tête
Auréole d'argent, flottaient ses blonds cheveux ;
O mon amour, pensai-je, Idéal merveilleux,
   Né des cieux,
Qui te peindra jamais ? — Toi, dit-elle, ô poëte !

Non! mon bel Idéal, je ne te peindrai pas !
Moi seul, je te verrai, la nuit, dans le mystère ;
Des cieux tu souriras au rêveur solitaire :
                Sur la terre,
Femme, il t'aurait aimée, ange, tu l'aimeras!

V

Sous vos dômes en fleurs, sous vos cieux souriants,
                O jeunesse, ô printemps,
Jours rayonnants d'espoir et parfumés d'ivresse,
Que de fois j'ai rêvé! que de fois la tristesse
M'envahit, en songeant au peu que vous durez!
                Que de fois, sur la route
Ombragée et sereine, ai-je aux cieux azurés
Jeté de longs regards de prière et de doute,
Pensant que ma jeunesse était comme un néant,
Puisque de ses rayons nul astre tutélaire
Ne venait l'éclairer comme l'amour éclaire,
                Éclairant, consumant, épurant !

Et que tout ce printemps n'était qu'une ironie,
Puisque, quand tout verdit, fleuronne et reprend vie,
Au doux soleil de mai quand tout s'épanouit,
Dans mon cœur j'ai l'hiver, dans mon âme, la nuit!

Jour par jour, an par an ma jeunesse s'envole,
Emportant avec elle amour et doux espoir.
Je crie au temps : « Arrête ! » Il fuit à ma parole
Et m'entraîne tremblant, loin, vers l'horizon noir !

Pourtant je ne veux pas que la nuit et la tombe
Me surprennent, encore ignorant du bonheur !
Ainsi que l'éphémère, alors que le jour tombe,
Je veux du moins d'amour rassassier mon cœur !

VI

UN SECRET.

Tu ne sauras jamais combien je t'aime,
Jamais mes yeux aux tiens ne trahiront
Le doux secret qu'envers l'amitié même,
Toujours, toujours mes lèvres garderont.

Mon cœur rempli de ta rêveuse image
Ne connaîtra jamais d'autres amours ;
Je ne demande à Dieu d'autre apanage
Que de t'aimer ainsi toujours, toujours !

Un autre, un jour, fier, rayonnant de joie,
Te conduira pâle au pied de l'autel :
Malgré les pleurs où mon regard se noie,
Pour ton bonheur je bénirai le ciel !

Si dans les jours de deuil et de souffrance
La paix des cieux vient habiter ton cœur,
C'est que ma voix priera dans le silence,
Priera pour toi le Dieu consolateur!

VII

ONDINE.

Pourquoi, ma toute belle,
Baignes-tu tes pieds blancs
Dans l'onde qui ruisselle?
L'onde les rendra-t-elle
Plus petits, plus brillants?

Oh viens plutôt, mutine,
Follette aux grands yeux bleus,
Sous ta lèvre enfantine
Chasser l'ombre chagrine
De mon front, de mes yeux!

VIII

Ton front se penche, un lumineux sourire
Se glisse humide à travers tes longs cils;
Ta lèvre rose a frémi, prête à dire:
Pourquoi tes yeux dans les miens plongent-ils?

Pourquoi? parce que ton visage
Est tout un poëme enchanteur ;
Parce que, brisé par l'orage,
Je vois en toi paix et bonheur ;

Parce que le peu qui me reste
Au cœur de désirs purs et doux,
S'émeut, lorsque ton œil céleste
Sourit, et me dit : « aimons-nous ! »

IX.

Elle est plus riante que l'aube,
Et lui plus morne que la nuit.
A ses regards il se dérobe,
Mais la folâtre le poursuit.

« Pourquoi donc êtes-vous si sombre?
Que faut-il pour vous ranimer? »
— Et lui, devant ses grands yeux d'ombre,
Lui dit : « Veux-tu m'aimer? »

X.

Quand les vents amoureux éveillent un murmure,
Aux premiers jours de mai, dans les vergers en fleurs,
Quand la tente des cieux étincelante et pure
S'emplit de chants d'oiseaux et de molles senteurs,

Ce beau printemps qui naît aux baisers du vent tiède,
Qui vit, chante et s'exhale aux feux riants du jour,
N'est rien près d'un cœur pur qui s'éveille et qui cède
A l'enivrant appel de son premier amour!

XI

Le ciel pleurait sur l'herbe verte
Et sous les pleurs l'herbe luisait;
Par la fenêtre aux vents ouverte
Le vent humide me glaçait.

Mais que m'importent vents ou pluie,
Caprices d'un printemps menteur!
N'ai-je pas le printemps, la vie,
Ta blonde image dans mon cœur?

XII

CE QUE JE VOIS DANS MES RÊVES.

Dis-moi, que vois-tu dans tes rêves?
Vois-tu le trône d'or d'un roi?
Vois-tu des casques et des glaives
Étinceler autour de toi?

Vois-tu dans tes salles splendides
Tes vassaux trembler à ton nom?
Ou tes forts, dans les flots limpides
Mirer leur front de pierre?...

. . . . — Oh non !
Je vois des roses immortelles
S'épanouir à mon chevet,
Je vois un ange aux blanches ailes,
Qui sur moi se penche muet;
Et le vent des nuits nous enlève
Vers le ciel bleu, cet ange et moi,
Et nous planons.... Voilà mon rêve ;
Cet ange, le sais-tu?.... C'est toi !

XIII

DOUTE ET ESPÉRANCE.

Oh! vois-tu rayonner sur nous, ma bien-aimée,
Comme un nimbe d'amour l'immense azur des cieux?
La terre est toute en fleurs, et la brise embaumée
Sur ma joue, à flots d'or, fait courir tes cheveux!

Oh! lorsqu'au haut de la colline
Ainsi tu rêves près de moi,
Que ton front vers mon front s'incline,
Que nos yeux s'emplissent d'émoi,

Qu'un oiseau chante sous la voûte
Fraîche et sonore des grands bois,
Et que, sous nos pieds, goutte à goutte,
Pleure la source aux mille voix;

Ne sens-tu pas, ô mon amie,
Du fond de ce ciel enchanté
Tomber une vague harmonie,
Un doux souffle d'éternité?

Tout s'épanouit en sourires,
Tout, jusques au buisson flétri,
Et près de moi, toi tu soupires?
Eh quoi! Des pleurs, ange chéri?

Songerais-tu que sur la terre
Le printemps n'est pas éternel,
Qu'il vient un jour où, solitaire,
On pleure en contemplant le ciel?

Qu'un temps vient où la tombe s'ouvre,
Où l'herbe que foulent nos pieds,
Silencieuse, croît et couvre
Tous nos beaux rêves oubliés?

Ah! pleure, pleure, ô mon amante,
Si tout doit finir au tombeau,
Si la mort d'une aile effrayante
Éteint l'âme comme un flambeau;

Mais si l'on survit à la tombe,
Oh! plus de pleurs! Oh! plus d'adieu!
De nos yeux l'épais voile tombe;
A genoux! et bénissons Dieu!

XIV

Que te disait l'oiseau caché sous le feuillage,
Lorsque tu l'écoutais, rêveuse, au fond des bois?
Que te disait le fleuve en fuyant son rivage?
Que te disait le vent, lorsque sa grande voix
Pleurait dans les vieux pins de la forêt sauvage
    Comme une âme aux abois?

L'oiseau te parlait-il du nid que, loin du monde,
Dans mes rêves d'enfant pour toi j'avais tressé?
Le fleuve disait-il que le temps comme l'onde
S'écoule, sans jamais nous rendre le passé?
Le vent t'accusait-il avec sa voix qui gronde
    De mon bonheur brisé?

XV

    Vois, la brise printanière
    Vient parfumer nos coteaux,
    Des cieux la douce lumière
    Se reflète au fond des eaux,
    Dans les forêts refleurissent
    Pervenches et blancs muguets,
    Des chants joyeux retentissent
    Sous la voûte des bosquets!

Des amours n'est-ce pas l'heure?
N'est-ce pas le ciel de mai?
Pourquoi faut-il que je pleure
Le lis blanc que tant j'aimai!
Loin de moi, vierge adorée,
M'as-tu gardé ton amour?
Puis-je en mon âme éplorée,
Puis-je espérer ton retour?

Sous ton ciel, le mois des roses
Te semble-t-il aussi beau?
Ah! peut-être tu reposes
Sous les roses du tombeau!
Mais des amours voici l'heure,
O reviens! toi que j'aimais!
Ange adoré que je pleure,
Dis, reviendras-tu jamais?

XVI

Sur ton bras tiède qui se ploie
J'ai reposé mon front rêveur;
Tu me souris, et sous la soie
J'écoute palpiter ton cœur.

Je t'aime, je tremble à ta voix;
Mais toi, tu restes calme et pure,
Comme un flot que la lune azure
Dans la clairière, au fond des bois!

XVII

Baisez-vous, blanches colombes,
Sous les vieux tilleuls en fleurs.
Bercez-vous, saules en pleurs,
Comme en rêve, sur les tombes;

Sur la grève qui reluit,
Chantez, ondes éplorées,
Glissez, étoiles dorées,
Au dais sombre de la nuit.

Au sein de la paix immense
Regret, douleur, tout s'endort;
L'amour, frère de la mort,
Veut la nuit et le silence!

XVIII

La cloche bourdonnait dans les airs : « Voix dolente,
Triste et lente,
Pourquoi te lamenter là-haut?
Ta chanson de trappiste
M'attriste :
Il faut mourir, mourir il faut ! »

Et la cloche pleurait dans la nuit : « Isabelle,
Quoi ! si belle,

Ma blanche rose, te flétrir?
La blancheur craint la fange,
Bel ange,
Mourir il faut, il faut mourir!»

Mais le glas retentit plus pressant: «Serait-elle
Immortelle,
L'âme, et se revoit-on là-haut?
Le cœur dit oui, la terre
Entière :
Il faut mourir! Mourir il faut!»

XIX

Quand le dernier rayon du soleil qui décline
Éclaire à flots dorés la cime de nos toits,
Que les oiseaux du ciel, de leur voix argentine
Ont salué le jour pour la dernière fois,

Des cieux plus pâles tombe un rayon d'espérance,
Comme un vague reflet d'un jour plus pur, plus beau,
Et l'œil voit à travers les pleurs de la souffrance
L'aube éternelle luire au-delà du tombeau!

XX

VISION.

Un soir j'étais assis sous le dôme mouvant
Des chênes aux troncs noirs, dans le bois solitaire;

Les joncs au bord de l'eau frissonnaient doucement;
Le jour se retirait lentement de la terre.
Bien haut, le cou tendu vers le soleil couchant,
Un oisillon chantait, et dans l'éloignement
La cloche d'un hameau tintait pour la prière.
Déja la nuit tombait; là-bas, sur la bruyère,
Flottait un brouillard vague, argenté, vacillant,
Que la brise du soir entr'ouvrait par moment.
A mes yeux paraissait alors, ombre légère,
Sur un frêle hamac de liane et de lierre,
Une vierge suave endormie, et le vent,
La berçant dans la nuit de son souffle odorant,
Murmurait, en glissant dans la sombre clairière,
Le nom du blanc fantôme, et ce nom, ô mystère,
C'était ton nom! Et moi, l'œil humide, rêvant,
Je frémissais d'amour et d'attendrissement!

XXI

AUBE DE PRINTEMPS.

Sous les premiers rayons de l'aurore ingénue
La rose avait ouvert ses lèvres de corail,
Et des beaux yeux d'Eos, tremblante, était venue
Se glisser dans la fleur une goutte d'émail.

Et la fleur agitant sa corolle rosée,
Y faisait ruisseler la perle, et je croyais

Que cette rose était ta bouche, et la rosée
Tes dents, et que d'amour, toi, tu me souriais !

JOUR D'ÉTÉ.

Ah ! comme ils étaient doux, les baisers du zéphire !
Sur l'onde le roseau frissonnant se couchait,
Les arbres ondoyaient comme un flot qui chavire,
Et la rose en boutons, rêveuse, se penchait.

Et parfois sur mon front passait le vent volage,
En murmurant tout bas : alors il me semblait
Que ton souffle de vierge inondait mon visage,
Et que du sein des airs ta bouche me parlait!

SOIR D'AUTOMNE.

J'ai vu la nue un soir, au sommet des montagnes,
Se franger de carmin sous le soleil couchant.
J'ai vu la nuit descendre au milieu des campagnes :
L'Angelus dans les airs tintait, grave et touchant.

Là-haut, dans le ciel bleu, comme deux sœurs jumelles
Deux étoiles d'or pur brillaient, et je croyais,
Je croyais, tout ravi, que ces deux étincelles
Étaient tes deux yeux bleus, et que tu me voyais.

NUIT D'HIVER.

Il faisait sombre et froid ; ma lampe agonisante
Répandait sur les murs de funèbres clartés ;

Au foyer se tordait la flamme pâlissante,
Que je voyais, rêveur, s'éteindre à mes côtés.

Et le vent gémissait dans les corridors sombres,
Et ma porte avec bruit s'ouvrait, et je croyais
A chaque fois te voir, debout parmi les ombres;
Ombre pâle toi-même, et que tu m'appelais.

SOLITUDE.

L'or du couchant rayonne
Sur la sombre couronne
Des chênes, dans les bois ;
Leur ombre séculaire
Entoure de mystère
L'onde lente et sans voix
Qui sous leurs troncs s'écoule ;
Jamais l'homme ne foule
La mousse de ses bords ;
Des colombes sauvages
Volent sous les ombrages ;
Le soir un cerf dix cors
Y vient d'un pas tranquille,
S'abreuver, puis débile,
Se repose et s'endort.
O douce solitude,
Silence et quiétude,
Images de la mort,
Mon âme, que sans trève
Le doute sombre enlève
Et pousse loin du bord,
Aspire dans l'orage
Au calme du rivage,
Au sommeil dans le port !

MALÉDICTION.

Que m'importe le monde avec sa triste joie,
Quand sous ses pieds d'airain l'infortune me broie,
Quand sur mon front courbé par la morne douleur,
Flamboie en traits de feu l'empreinte du malheur !
Quand dans mon sein rongé d'une anxiété vague
Mon sang va refluer, plus plaintif que la vague
Qui se brise en pleurant aux flancs noirs de l'écueil !
Et que font au cadavre étendu dans la bière
Les cierges, les draps d'or et la vaine prière
De vingt prêtres gagés autour de son cercueil ?
Car je suis mort pour tous, et je veux sur la terre
Que ma vie et ma mort demeurent un mystère,
Que jamais à mon nom s'attache un souvenir !
Que ma tombe, inconnue aux hommes à venir,
Cache mes ossements loin d'un monde frivole,
Que nulle plante y croisse, et nul insecte y vole !
Qu'à peine quelquefois un affreux chat-huant
Y glace de son cri les amants qui dans l'ombre
Suspendent, effrayés par ce présage sombre,
Leur parler à voix basse et leur rire bruyant !

VOUS ET MOI.

Pour vous, le ciel est bleu, pour vous la brise encore
A des baisers d'amour, des parfums enchanteurs ;
Pour vous le flot murmure au fond du bois sonore ;
A vous les doux rayons, les vierges et les fleurs !

> Pour moi, dans mon ombre morose,
> Sais-je s'il est au fond des cieux
> Un soleil? s'il est une rose
> Au front des buissons épineux,
> Et si la vierge blonde et rose
> A des sourires dans les yeux?

A vous la voix qui vibre, à vous la poésie,
A vous l'idéal pur qui plane dans les cieux,
A vous les jours dorés d'amour, où le génie
Palpite au fond du cœur et brille dans les yeux !

> Pour moi, dans ma morne impuissance,
> Sais-je s'il est un jour béni,
> Où l'âme dans un chant s'élance
> Vers l'idéal aux cieux ravi,
> Où le génie à l'aile immense
> Prend son essor vers l'infini?

PREMIT ATRA NOX.

Le jour baisse, amis, chantons !
La nuit vient avec ses ombres,
Bientôt nous dériverons
Sur le fleuve aux vagues sombres ;

La jeunesse avec ses fleurs
S'effeuille au vent et se fane,
Le soir ternit les couleurs
De l'aurore diaphane.

Bientôt nous aurons vécu,
Bientôt la tombe muette
Prendra vainqueur et vaincu,
Peuple et roi, vierge et poëte !

Tout alors, jusqu'à nos fils,
Bientôt perdra la mémoire
De ces vivants de jadis
Dévorés par l'ombre noire !

L'Éternel qui veille aux cieux
Seul saura que sur la terre
Nous vivions, fiers et joyeux,
Notre existence éphémère.

6

Mais qu'importe! amis, chantons!
Que la nuit vienne avec l'ombre,
Gaiement nous dériverons,
Chantant, sur la vague sombre!

REMORDS.

Adieu, lumière sereine,
De la gloire qui reluit!
O mon âme, pauvre reine,
Vois, la vague sombre entraîne
Ta couronne dans la nuit!

Qu'as-tu fait de ton étoile?
Vois! aux cieux elle a pâli,
Ton ange gardien se voile,
Et ta barque à pleine voile
Court sur un fleuve d'oubli!

SANS DIEU.

Pas une étoile aux cieux; des nuages, des ombres,
Des lueurs dans les airs; parfois l'étrange bruit
D'un long frisson courant dans les branchages sombres;
Là-bas d'un morne étang l'eau vaguement reluit
Comme un œil terne, ouvert dans la brume et la nuit!
L'œil en feu, le loup rôde à l'entour des décombres:
Tout près, dans l'herbe sèche, un serpent glisse et fuit.

Tel est mon cœur sans toi; de sinistres pensées,
Des éclairs de folie et des nuits de douleur;
Parfois de longs soupirs, des plaintes élancées,
Puis un calme de mort et l'étrange torpeur
D'une âme qui s'emplit de brume et de stupeur.
Pourtant l'impur désir, prunelles embrasées,
Me guette, ... un doute impie a glissé dans mon cœur!

L'HOMME A DIEU.

I

Pauvre animal à la peau nue,
Qui te morfonds dans l'infini
Comme l'oisillon de son nid
Tombé tout meurtri dans la rue,

Que je te plains! devant tes yeux
La lumière fuit et recule,
Ta vie est un long crépuscule
Et le néant te guette aux cieux!

Ton cœur, empli de rêveries,
Aspire à l'éternel bonheur ;
De sacriléges tromperies
Avivent cet espoir menteur.

On te parle d'un Dieu, d'un père,
Foyer d'amour, de charité,
Qui rayonne, astre tutélaire,
Sur le monde et l'éternité ;

On te dit qu'il n'est créature
Si faible, si cachée aux yeux,
Qu'il n'est flot, sable, ni verdure,
Insecte perdu dans les cieux,

Qui n'ait sa place à la lumière,
Qui n'ait sa part d'amour divin;
On te dit que l'humble prière
Vers Dieu jamais ne monte en vain!

Qu'il est l'âme vive du monde,
Qu'il en est le conservateur,
Que pour nous, quand l'orage gronde,
Il est le grand consolateur!

Et toi, tu crois toùtes ces choses;
De Dieu ton cœur se fait l'autel :
Puis, lorsque les destins moroses
T'ont porté quelque coup mortel,

Si du milieu de ta détresse
A ce Dieu sauveur et clément
Ta bouche frémissante adresse
Un appel, un cri déchirant,

Amère, amère raillerie,
Les cieux sont sourds, vides et froids!
En vain ton âme lutte et prie,
Le néant n'entend pas ta voix !

En vain ta bouche qui murmure
Voudrait, pour obtenir secours,
Convaincre d'oubli, de parjure
Ce grand Dieu, cet Ancien des jours!

Erreur! navrant enfantillage!
Le néant ne t'a rien juré!
Si tu n'as que Dieu dans l'orage,
Va! sombre seul, pauvre égaré!

Et quand j'ai dit cela, j'entends dans mes entrailles
Une voix qui me crie : arrête! pauvre fou!
Sais-tu quel est ce Dieu que follement tu railles?
Homme à la nuque dure, il peut casser ton cou!

Et pourtant te voyant plein de doute et d'alarmes,
Il prend pitié de toi, pauvre blasphémateur!
Ta bouche le maudit, il va sécher tes larmes;
Tu disais «ô néant!» Tu crieras «ô Sauveur!»

Tel, la nuit, un vaisseau qui lutte avec l'orage
Et tonne avec les vents, à l'instant du naufrage
Voit tout à coup le port sous le ciel tout en feu,
Ainsi l'homme éperdu dans les ombres du doute,
Prêt à faillir, soudain rencontre sur sa route
                    DIEU !

II

Oh! rendez-moi la foi, l'amour et l'espérance!
Seigneur! je ne crois plus, mon cœur est dévasté!
J'ai voulu, loin de toi, dans ma folle arrogance,
Trouver la paix du cœur et la félicité!

Je me suis dit : j'irai loin du monde dans l'ombre,
Sous les livres profonds, vivant, m'ensevelir !
O science, arts sacrés, vous viendrez resplendir,
Astres puissant et purs, dans ma retraite sombre !

Ah ! qui me donnera de tout, de tout savoir ! —
Car je ne saurai rien, tant qu'une connaissance
M'échappera, tant que je n'aurai pas pu voir
Tout ce que voit des cieux l'œil de la Providence !

Et voici que le doute est venu, que l'ennui
M'a pris.... Pourquoi m'user, dis-je, à toutes ces choses?
Tout nous vient de l'amour, et tout retourne à lui !
Aimons, et couronnons nos fronts pâlis de roses !

J'ai consacré mon cœur et ma lyre à l'amour :
Mon cœur est resté vide et ma lyre est brisée !
J'ai désiré la gloire et la lutte au grand jour;
Et mon âme est sans force, obscure et méprisée !

Je croyais être fort, je croyais, passions,
Dompter, calme vainqueur, vos vagues d'un bras ferme !
Et voilà que le flot béant sur moi se ferme,
Et m'entraîne, brisé, dans ses noirs tourbillons !

Mon âme est sans amour, je vis de défaillance ;
Les revers sourdement ont fait crouler ma foi ;
Le doute a d'un coup d'aile éteint mon espérance:
O Trinité de l'âme! où puis-je aller sans toi?

 FLEURETTES.

III

Au tombeau mon âme altière
Descendait loin de tes yeux;
L'orgueil, l'ironie amère
Avaient dévasté mes cieux;

Je secouais mon front blême
Quand je prononçais ton nom;
Quand on me disait : « Dieu t'aime, »
Morne, je répondais : « Non! »

Drapé dans ma nuit, rebelle
Comme un roc au vent du Nord,
J'attendais.... âme immortelle,
Je n'aspirais qu'à la mort!

Mais qui résiste à tes armes?
Tremblant, aux pieds du vainqueur,
En amers sanglots, en larmes,
J'ai répandu tout mon cœur!

J'ai prié, prière impie!
Je t'imputais tous mes maux;
Je demandais, non la vie,
Mais la paix des noirs tombeaux!

Quand du fond de ma détresse
Je criais vers toi, Seigneur,

Armant ta main vengeresse
Contre le blasphémateur,

Tu pouvais à ta colère
M'immoler : tu préféras
Recevoir, Dieu tutélaire,
Le fils prodigue en tes bras!

SURSUM CORDA!

I

O génie, ô lutteur infatigable et sombre,
Debout! Ne vois-tu pas la torpeur qui dans l'ombre
T'emprisonne sans bruit dans ses mailles de plomb?
Qu'importe le passé, puisque le temps l'emporte!
Ne rêve plus, agis! à l'âme ardente et forte
Tout comme le passé l'avenir est profond!

Pourquoi chanter toujours en vers mélancoliques
Les amours d'autrefois, douloureuses reliques
Où le cœur tout saignant s'attache par lambeaux!
N'est-il d'autre souci que les peines passées?
Par les ailes du temps images effacées,
Scellérez-vous la vie aux portes des tombeaux?

Comme si l'avenir n'était pas l'ombre immense,
Champ vierge où nous devons prodiguer la semence
Des grands soleils futurs, Amour et Liberté!
Comme s'il ne fallait pas d'un travail austère
Au vieux destin muet arracher son mystère
Et faire sur nos fronts lever l'éternité!

II

Debout! Dieu nous appelle! en avant, et courage!
L'homme, c'est l'artisan; le monde, l'atelier!

Qu'importe au firmament la tache ou le nuage !
Si la tempête gronde et nous force à plier,
Si tout, autour de nous, est désert et sauvage,
Si tout croule, ici bas, sous les coups de bélier
De la froide ironie : en ce siècle d'orage,
Il nous faut être forts ! nous aimer, nous lier !
Et, viennent l'ouragan, les froids dédains ou l'âge,
Nous serons toujours là, comme un vivant pilier,
Fiers, calmes, opposant l'héroïsme à la rage,
Et, champions du bien, sachant concilier
Au cœur de l'Homme-Dieu, la grande âme du sage !

III

Debout ! debout ! ô fils de la lumière,
Debout ! le monde attend ses guides, ses flambeaux !
Laissons les vils plaisirs au profane vulgaire,
    Laissons le cadavre aux corbeaux !

    A nous l'empire au soleil qui rayonne,
    A nous la voix divine et la grandeur !
    A nous l'immortelle couronne,
A nous la vérité, le beau dans sa splendeur !

Nous sommes appelés au banquet de l'histoire !
Le monde est notre champ de bataille, et du ciel,
Voyant fuir devant nous l'erreur et l'ombre noire,
    Nous sourit l'Éternel !

Non! non! il ne va pas dans l'ombre des tavernes
Éteindre son esprit, le grand homme, l'élu !
Et la débauche en vain du fond de ses cavernes
Étale à ses regards sa honte et son sein nu !

Jamais la volupté n'a ployé sa pensée,
Jamais l'envie au front chagrin, à l'œil amer,
N'a troublé son sommeil avec sa voix cassée!
Il est libre, il est grand, il est pur, il est fier !

       Place à l'homme que le ciel aime,
Place au juste, à l'artiste aux yeux éblouissants !
Rentrez dans votre nuit, orgie à face blême,
Vices, remords honteux, plaisirs avilissants!

Il mettra des rayons dans les yeux de sa mère,
Son père blanchira de respects entouré,
Celle qu'il aimera sera joyeuse et fière,
Sa race fleurira sous son toit vénéré!

Voici, l'envieux même avec respect le nomme,
Ses conseils sont d'or pur, ses paroles, un feu!
Mais il faut, pour que Dieu soit avec le grand homme,
       Que le grand homme soit à Dieu!

LES ÉTOILES.

Les cieux n'étaient encor que l'ombre grandiose,
Océan sans reflux, éternité morose,
Où le seul Éternel veillait.
                              Peut-être alors
Epiait-il, penché sur la nuit infinie,
Le premier battement de la première vie
Qu'il sentait dans son sein germer et prendre corps.

Pourtant sous l'œil profond qui regarde et qui pense,
Les cieux sombres vibraient comme une harpe immense,
Ineffable clavier dont les accords puissants
Émergeaient de la nuit en ondes lumineuses,
Chaque note envolée, aux voûtes ténébreuses
Attachant une étoile aux rayons frissonnants.

Tel fut alors chanté le cantique des mondes,
Tel encor, chaque soir, quand les ombres profondes
Envahissent le ciel, les étoiles de Dieu
Viennent, bien loin là haut se rangeant, radieuses,
Luire sur les grands monts, sur nos cités ombreuses,
Et l'âme entend chanter ces rossignols de feu !

———

MON AMBITION.

Je voudrais écrire un poëme
Grand comme l'univers et Dieu!
Je voudrais que tout ce que j'aime
Y fût écrit en traits de feu;

Que tous les foudres du génie
Rayonnassent à chaque vers;
Que la pensée et l'harmonie,
Que chaque idole que je sers

Eût son autel en mon poëme,
Et que l'encens sacré des arts
Y brûlât : comme, à l'heure extrême,
Assemblant ses rayons épars,

L'âme brille un instant encore
Sur l'univers qu'elle va fuir,
Et jette au temps qui la dévore
Un chef-d'œuvre en dernier soupir!

RÊVERIE.

La montagne est sans voix, pensive et recueillie,
Sous le dernier baiser du soleil ; lentement
Les cieux laissent tomber leur paupière alourdie,
Et la terre s'endort dans son isolement.

'O jeune roi des airs ! ta terre n'est plus belle,
Ton amante a vieilli, Soleil aux cheveux d'or !
Et pourtant que de fois tu reviendras encor
Baiser le front ridé de l'antique Cybèle !

Entendrais-tu gronder, toute prête à jaillir,
La flamme créatrice en ses flancs contenue,
Et la terre doit-elle, aujourd'hui triste et nue,
Secouant son passé, pour toi se rajeunir ?.

Un temps vient où la terre au milieu des ténèbres
Roulera froide et morte, où ses flancs dévastés
S'entr'ouvriront béants, où ses débris funèbres
Dans le soleil, en feu seront précipités !

Un temps vient où toi-même, astre aux rayons sublimes,
Rouge, et rassasié de mondes engloutis,
Tu rouleras lugubre au fond des noirs abîmes,
Et l'ombre envahira les cieux anéantis !

Mais que fera de nous l'éternité profonde?
O Dieu, survivrons-nous au naufrage du ciel?
Périr! tel est le sort d'un système ou d'un monde,
Mais l'Idée est divine, et l'atome éternel!

A E. F.

Dis, sais-tu combien d'étoiles
Brillent dans la nuit des cieux,
Combien de flots et de voiles
Roule l'Océan brumeux?

Sais-tu combien sur les branches
Sont de feuilles et d'oiseaux,
Dans les prés, de brebis blanches,
De fleurs au bord des ruisseaux?

L'Éternel Dieu les dénombre!
Tous répondent à sa voix,
Flots bruyants, astres de l'ombre,
Fleurs, oiseaux, feuilles des bois.

A tous, son âme infinie
Donne l'éternel essor;
Partout l'amour et la vie
S'épanchent en vagues d'or.

Mais l'astre s'éteint, la feuille
Tombe, le fleuve tarit.
Fleur que l'on foule ou l'on cueille,
Doux chants, tout s'évanouit!

Notre âme, elle aussi, s'effeuille
Tout fuit, espoir, vanité,
Jusqu'à ce qu'enfin Dieu veuille
La rendre à l'éternité!

AU BOIS.

Vous êtes las, bien las, pauvre homme, la sueur
Ruisselle à votre front! Votre charge est trop lourde!
— Ma charge? oh non, Monsieur, seulement la chaleur...
— Reposez-vous un peu. Tenez, voici ma gourde,
Buvez un coup. — Merci, çà réchauffe le cœur!
Vous êtes bon, Monsieur, je ne suis qu'un pauvre homme,
Mais si jamais je puis... — C'est bien, n'en parlons plus;
Vous êtes du village? — Oui, Monsieur, on me nomme
Jean'pierre, ancien soldat; je suis un peu perclus. —
Vous avez des enfants? — Oui, Monsieur, une fille
Mariée au fermier de la combe, là-bas. —
Vous êtes donc seul? — Non, nous vivons en famille.
Oh! ma fille est bien brave, et ne laisserait pas
Son vieux père manquer de la moindre des choses;
Puis elle a son mari, c'est un garçon de cœur,
Puis deux jolis marmots, deux vrais boutons de roses!
Je puis dire, Monsieur, que j'ai bien du bonheur!
— Pourtant, vous travaillez, un beau jour de dimanche?
N'allez-vous donc jamais au temple pour prier?
— Si fait! mais voyez-vous, ma vieille tête blanche
N'en veut plus, de sermons. J'aime mieux m'en aller
A la forêt là haut. J'y sais plus d'une place
Où les vieux sapins noirs parlent mieux à mon cœur

Du ciel et du bon Dieu que Monsieur le pasteur.
Par moment l'on dirait que Dieu lui-même y passe!
Tout est si grand, si beau, si tranquille à la fois.
Puis on y peut prier, au moins rien ne vous gêne :
Vous êtes seul, tout seul avec Dieu dans les bois!
— Mais après le travail de toute une semaine,
Ne vous donnez-vous pas un seul jour de repos? —
J'aimerais mieux aussi, vous pouvez bien m'en croire,
Sur un banc au soleil réchauffer mes vieux os!
Mais il faut travailler pour manger et pour boire! —
Dieu ne bénit jamais le travail du sabbat. —
Oh! le bon Dieu vaut mieux, Monsieur, que vous ne dites.
Tenez! j'ai ma voisine, elle est sur un grabat,
Clouée avec la fièvre; un gros mal! ses petites
Pourraient mourir de faim si l'on n'y songeait pas!
Cela me fend le cœur de voir cette misère.
Si j'étais riche! Mais je n'ai rien que mes bras,
Et je suis déjà vieux, aussi que puis-je faire?
Je vais bien leur porter un peu de pain, parfois.
Le dimanche, pour eux, je cherche un peu de bois;
Si c'est un gros péché que Dieu me le pardonne!
Je n'ai que ce moyen de faire un peu l'aumône.
Vous donnez de l'argent, vous êtes riche, vous!
Mais je suis pauvre, moi! que voulez-vous? Je donne
Ce que je puis! — Bon vieux, vous valez mieux que nous!

L'ÉTOILE DU SOIR.

Quand, radieuse, au front de la montagne sombre
Tu montes lentement, versant sur nos vallons
Ton parfum d'espérance, ô blanche fleur de l'ombre,
Le bois silencieux, baigné de tes rayons,
Sommeille; l'étang noir où le roseau frissonne
Réfléchit vaguement ton regard, et la nuit
Au loin se tait.... soudain du fond des cieux résonne,
Vibrant et doux, le chant d'un pur esprit :

    « Vous qui pleurez la lointaine patrie,
      Filles des cieux, blanches âmes, mes sœurs,
      Soyez sans crainte et sans trouble, vos pleurs
      De votre espoir sont la source bénie! »

Ainsi chante la voix de l'ange dans la nuit,
Et l'âme en l'écoutant rêve, silencieuse,
Tandis qu'aux doux rayons de l'étoile qui luit,
Un ineffable amour, rose mystérieuse
En elle, lentement, monte et s'épanouit.

CHRIST.

Rêveur, rêveur, que cherchent dans les cieux
Tes grands yeux bleus
Où brille l'ardente pensée?
« Pour les cœurs durs, de crimes entachés,
Et desséchés,
J'attends la céleste rosée ! »

Rêveur, rêveur, que cherchent tes deux mains
Sur les humains
Comme pour bénir étendues?
« J'attends, j'attends que, lasses à la fin
D'un monde vain,
Les âmes à Dieu soient rendues! »

Rêveur, rêveur, dis-nous, comment peux-tu,
Triste, abattu,
Sourire à travers ta tristesse?
« J'entends chanter tout un monde à venir,
Et me bénir,
Et jusqu'aux cieux ma croix se dresse! »

FIN.

TABLE DES MATIÈRES.

Les poésies marquées d'un astérisque ont été mises en musique par mon ami
V. E. Nessler.

www.ingramcontent.com/pod-product-compliance
Ingram Content Group UK Ltd.
Pitfield, Milton Keynes, MK11 3LW, UK
UKHW022052070726
13613UKWH00002B/785